短耳兔冬冬
在橡樹林附近發現
一座老土窯。
老土窯又高又大，
肚子上有個大窯口，
好像一張大嘴巴，
可以燒柴火，
也可以烤麵包、披薩……。

在日晒風吹下，
老土窯破舊不堪，
塌了一大半，
這該怎麼辦？

冬冬馬上帶小象莎莎去瞧一瞧。

「莎莎， 我們一起拯救這座老土窯好不好？」

冬冬對莎莎眨眨眼。

「好啊！」小象莎莎興奮的點點頭。

莎莎的長鼻子很厲害，

搬石頭、 挖泥巴， 樣樣行，

大大的腳丫超有力， 踩泥漿、 去打水， 全都沒問題。

他們把老土窯塌了的地方———打掉，

砌上新的石塊和土磚， 再糊上厚厚的泥漿。

忙了大半天， 眼看老土窯就快修好了，
一顆顆小石頭從天而降！
帕、 帕、 帕──
泥漿還沒乾的土窯上凹了幾個小洞。
「誰？ 是誰亂丟石頭？」
冬冬和莎莎抬起頭，
一個黑影飛過去， 瞬間無影無蹤。
冬冬和莎莎只能努力的把小凹洞補平。

快補好泥漿時，
黑色的陰影又迅速的籠罩過來。
幾十隻毛毛蟲嘩啦嘩啦從天而降，
冬冬跳得快， 躲了過去，
卻有一隻落在莎莎鼻子上。

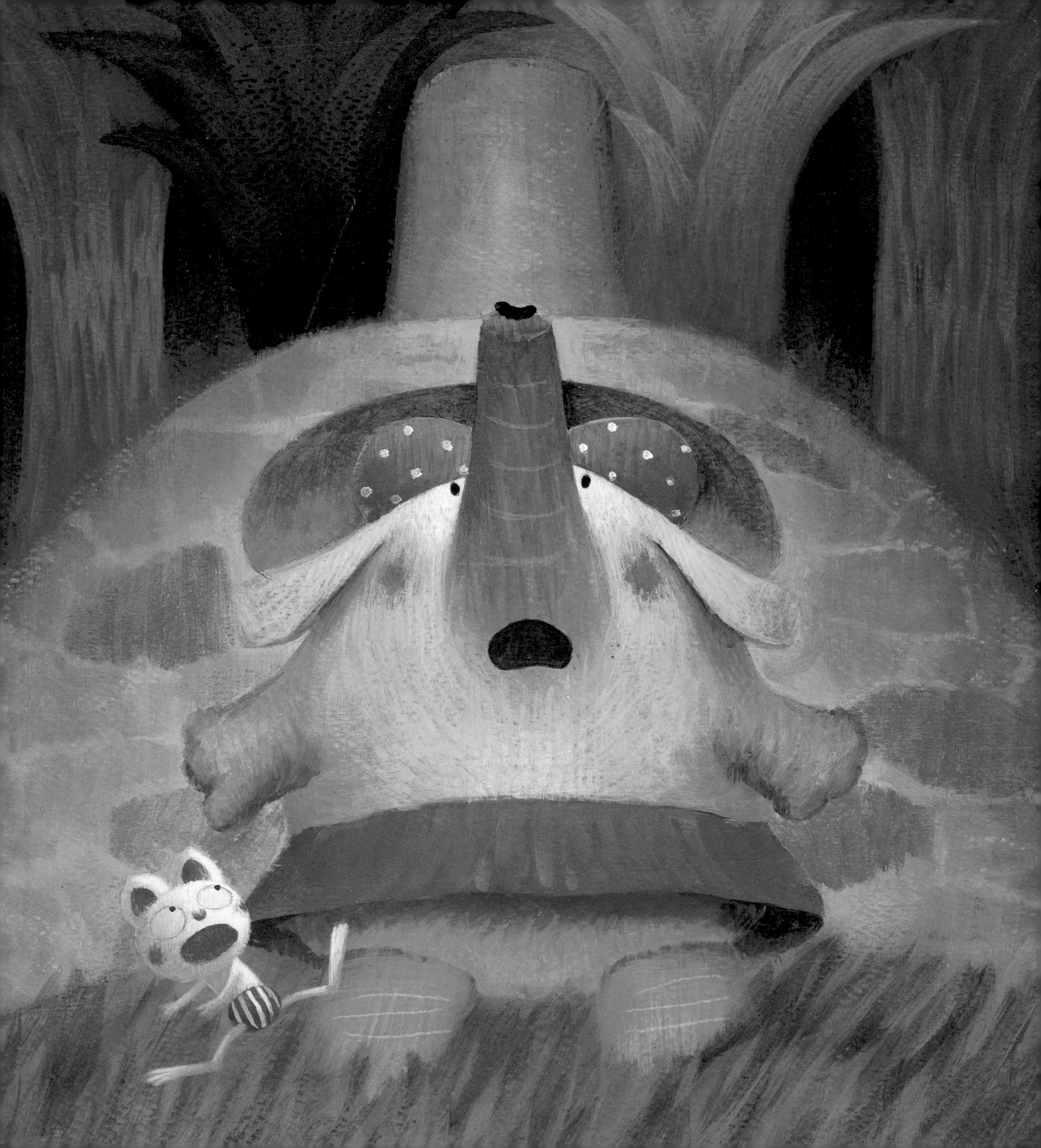

「好癢，哈啾！」莎莎打了一個超級大噴嚏，

把剛砌的煙囪吹得歪七扭八。

一隻小烏鴉從一旁的大樹飛起來，嘎嘎大笑個不停。

「啊，原來是小烏鴉。」冬冬滿頭問號，他越想越氣，

小烏鴉為什麼老愛搗蛋？

後來幾天倒是很安靜，小烏鴉不再出現。

老土窯終於順利完工了，接下來該準備生火烤麵包嘍。

消息一傳開，森林裡的動物都帶著自己愛吃的食材跑來。

小兔蜜蜜拔了一簍胡蘿蔔、 小老鼠扛著一大塊起司、
小熊捧著一罐蜂蜜、 莎莎的長鼻子上掛了一大串香蕉……
大家喜歡的麵包口味都不一樣。

「不用急，一個一個來。」冬冬捲起袖子，
在動物們期待的目光下開始做麵包。
他一會兒量麵粉，一會兒打雞蛋、加餡料⋯⋯
最後把做好的麵團通通送進熱呼呼的土窯裡。
現在就等麵包出爐了。

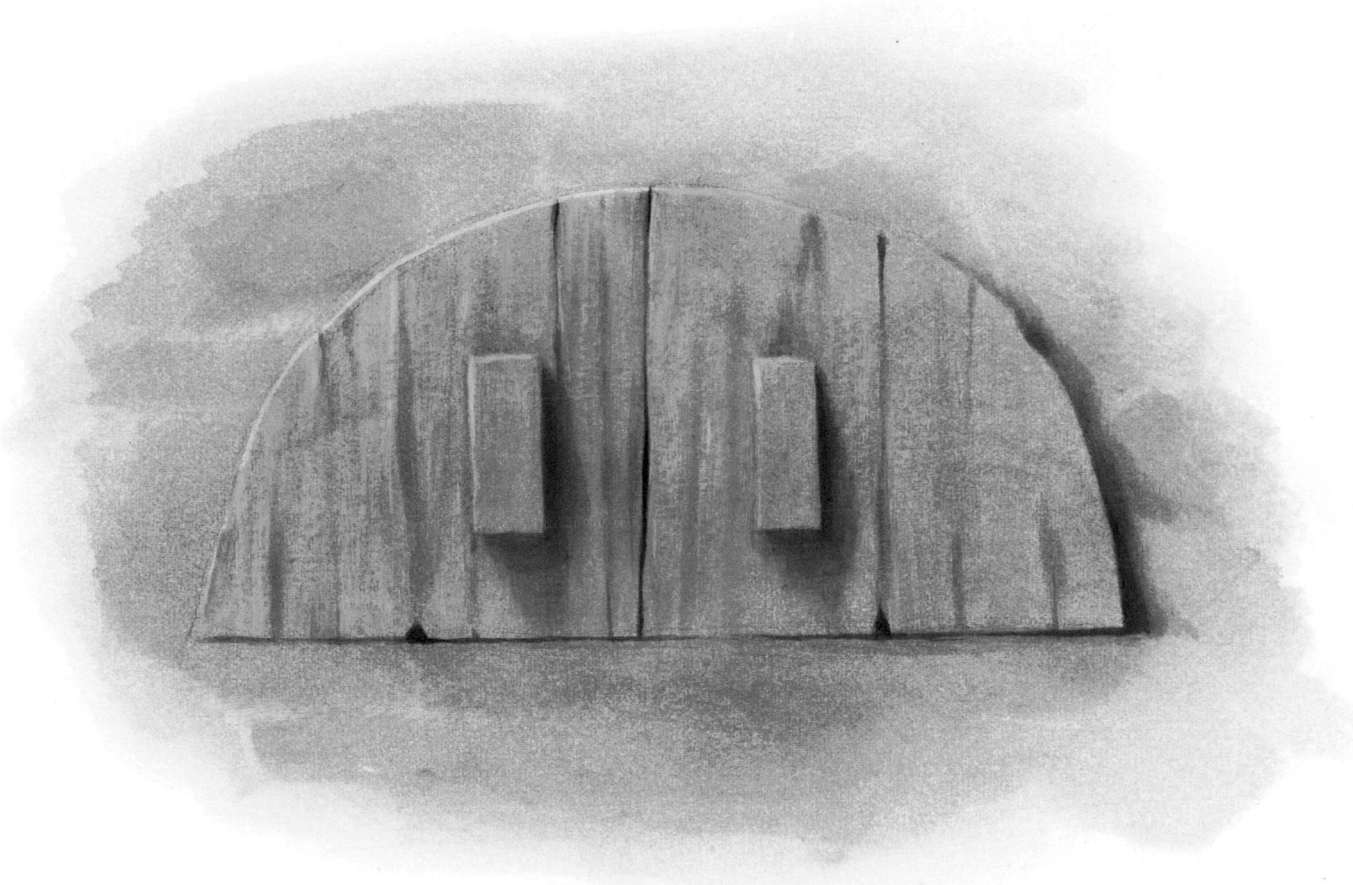

等ㄉㄥˇ啊ㄚ˙等ㄉㄥˇ， 太ㄊㄞˋ陽ㄧㄤˊ走ㄗㄡˇ到ㄉㄠˋ頭ㄊㄡˊ頂ㄉㄧㄥˇ，
一ㄧˊ陣ㄓㄣˋ陣ㄓㄣˋ香ㄒㄧㄤ味ㄨㄟˋ飄ㄆㄧㄠ出ㄔㄨ來ㄌㄞˊ，
冬ㄉㄨㄥ冬ㄉㄨㄥ打ㄉㄚˇ開ㄎㄞ窯ㄧㄠˊ門ㄇㄣˊ。
哇ㄨㄚ！ 小ㄒㄧㄠˇ小ㄒㄧㄠˇ的ㄉㄜ˙麵ㄇㄧㄢˋ團ㄊㄨㄢˊ變ㄅㄧㄢˋ成ㄔㄥˊ了ㄌㄜ˙
胖ㄆㄤˋ嘟ㄉㄨ嘟ㄉㄨ的ㄉㄜ˙大ㄉㄚˋ麵ㄇㄧㄢˋ包ㄅㄠ。

好ㄏㄠˇ香ㄒㄧㄤ　好ㄏㄠˇ香ㄒㄧㄤ　好ㄏㄠˇ香ㄒㄧㄤ

冬ㄉㄨㄥ冬ㄉㄨㄥ用ㄩㄥˋ大ㄉㄚˋ木ㄇㄨˋ鏟ㄔㄢˇ拿ㄋㄚˊ出ㄔㄨ熱ㄖㄜˋ騰ㄊㄥˊ騰ㄊㄥˊ的ㄉㄜ˙麵ㄇㄧㄢˋ包ㄅㄠ。

莎莎用鼻子捲起一個特大號麵包，
正要咬下去時， 小烏鴉又來了。
他張開黑色的翅膀， 像一架黑色轟炸機俯衝下來！

小烏鴉伸出爪子，撞翻麵包籃。

「喂！你在做什麼？」冬冬大叫。

眼看麵包都砸到地上，

餓壞的小狐狸和小鷹失望的離開了，

其他動物不甘心，紛紛追著小烏鴉跑。

「哈哈，抓不到！抓不到！」

小烏鴉得意洋洋繞了三圈，大聲的說：

「我是最厲害的烏鴉小派。」

冬冬好生氣，拿起大木鏟想趕走小烏鴉。

小派才不怕呢，一個空中旋轉往外衝。

「好燙！」他的翅膀擦過還有餘溫的煙囪，身子一歪，往下掉。

咚！小派跌入泥坑，爬不起來。

冬冬跑去查看，發現他的翅膀歪了，

腳爪也拐了，兩顆豆大的眼淚湧出來。

「糟糕，小派受傷了！」冬冬嚇了一跳，

大家也跑來幫忙。

莎莎跑到溪邊吸了滿滿一鼻子水，

幫小派沖洗乾淨。

蜜蜜和小老鼠一起幫小派包紮傷口。

小熊拿出剩下的蜂蜜，

一口一口餵小派，讓他甜甜嘴。

「對不起。」小派放聲大哭，

「我不是故意要搗蛋，這座森林這麼大，

可是我連一個朋友也沒有，我只是……很孤單，

我只是想和大家一起玩。」

大家都沒說話，只聽到小派的啜泣聲。

他們忽然覺得，或許小派也沒那麼壞，

他只是搞不懂如何和別人相處。

這時一串咕嚕咕嚕的聲音響起，
大家轉頭望向莎莎——
「快來吃麵包吧！」
莎莎大方的拿出最後一個麵包。
大家圍坐在一起，分著吃，特別香。

「有了！」冬冬突然大聲宣布：
「我想讓更多動物吃到好吃的麵包。」
說完冬冬向小派眨眨眼，
「這個任務就交給你了。」

「我，我可以嗎？」小派眼睛亮起來。
沒錯，小派飛得快、飛得遠，
最適合擔任「麵包宅急便」飛行員。

小派從早到晚出任務，
颱風下雨也不偷懶，而且一有空
就拿出森林的地圖，
研究怎麼飛才能最快抵達
不同「顧客」的家。

每一天，冬冬都和他的朋友們
一起找食材、做麵包、送麵包，
他們品嚐美味的麵包，
也與大家分享美好的滋味！
大家看著小派，忍不住會想：
「破舊的老土窯，搖身一變，
就烤出最美味的麵包，
調皮搗蛋的小烏鴉，找到方向，
也能成為最優秀的麵包宅急便飛行員！」

生日快樂，永遠 5 歲的短耳兔

劉思源│短耳兔系列文字作家

親愛的短耳兔：

還記得我們相遇的那一天嗎？

時間再往前轉，一個屬兔的小男孩在大家的期盼中誕生了。我思索著，如何送給他一份刻著滿滿祝福的生日禮物？身為資深寫字工兼長輩，答案只有一個：一個親手寫的故事，陪著他和所有小朋友一起長大。而且想當然耳，主角鐵定必然是隻小兔子。

這個小小的心願一直埋在心底，隨著小男孩蹦蹦跳跳的長大。直到五年後某個下午，在人來人往的熱鬧街角，我看到有人搭起晒衣繩，並拿出一隻皺巴巴、溼答答的絨布兔子，用衣夾把兩隻長長的耳朵緊緊夾在繩子上。

「晒兔子？耳朵會疼嗎？」靈感小姐突然來訪，悄悄在我耳邊嘀咕，「兔子最大的特徵就是兩隻長耳朵，如果有隻小兔的耳朵和別的兔子不一樣，小兔會喜愛還是討厭自己的耳朵？」

於是幸運的，你，耳朵小小、圓圓、肥肥的短耳兔瞬間出現在我腦海裡。更幸運的是，小男孩的爸爸是位很厲害的畫家，用爸爸的心和藝術家的魂，畫出獨一無二、又酷又可愛的短耳兔。

兔子不只是兔子

親愛的短耳兔，你察覺到了嗎？在擬人化的動物故事中，動物既能說話又能兩腳走路，也像真實的孩子或大人一樣上學、烤麵包、騎車等。換句話說，在你毛茸茸兔子外表下，反映的是孩子的真正樣貌，一舉一動和孩子的身體、心理和行為發展十分契合，有時過度放大自我，有時失去自信，充滿困惑；有時勇敢挑戰新事物，有時害怕失敗或被罵而退縮不前；有時熱情的擁抱朋友，有時吵吵鬧鬧，一不順心就突然情緒大暴走等。

培養自信和勇敢的內在力量

親愛的短耳兔，你發現了嗎？你，就像孩子們的另一個自己，透過對角色的情感投射，陪著他們練習成長中的各種課題，例如當你因為耳朵短小面臨自信危機時，小讀者可以和你一起經歷從懷疑、憤怒、隱藏到接納的心路歷程，從中學習自我認同，並建立淬鍊後真實的自信心，也跟著你在解決問題的過程裡，激發勇敢、信實、善良等正向特質。

而在你害怕被同學嘲笑，偷了考卷藏起來，並自導自演許多內心小劇場，負面情緒愈滾愈大時，小讀者也能跟著你的腳步，從企圖自我欺瞞和欺瞞別人等錯誤中，勇敢的踏出成長的步伐。

建立有愛無礙的朋友圈

親愛的短耳兔，你喜歡朋友嗎？在成長中，與兄弟姐妹、朋友、同學的關係，影響我們能否順利踏出自我舒適圈，擁有豐富人生的鑰匙。我在故事裡精心的為你建立一個朋友圈，有甜心小兔蜜蜜、小象、小烏鴉等，你們有共同點，有差異點，在緊密的互動中難免有碰撞的時候，但每一次衝突與和好，都是不可少的成長養分。例如當新同學小象莎莎初登場時，你和莎莎在故事中都迷路了：莎莎在林中迷路，而你在責任壓力中迷失。小讀者跟著你在迷惘中學習換位思考，更加了解莎莎的感受，同理她的行為，在互相幫助中成長。而最新的《麵包宅急便》故事，延續你喜歡做麵包的人設，和朋友們一起烘焙幸福的滋味。小讀者跟著你和烏鴉小派從從陌生到了解，從衝突到共好，學習尊重自己也尊重他人，不畏挑戰也無懼挫折。

謝謝你，短耳兔，你一直都在這兒，陪伴每一個小讀者儲備滿滿的勇氣與安全感，自然而然長成溫暖正直的人。